AF454549

SUCCESSION

DE

MADAME LA BARONNE DE G.

SUPERBES JOYAUX

Orfèvrerie de Table

DENTELLES, FOURRURES

EXEMPLAIRE DE H. STETTINER

CATALOGUE

DES

SUPERBES JOYAUX

COLLIER DE CENT VINGT-NEUF PERLES

Rivière composée de quarante beaux brillants

MAGNIFIQUES BRIOLETTES. L'UNE D'ELLES PESANT QUARANTE CARATS

BIJOUX DIVERS

ORFÉVRERIE DE TABLE

DENTELLES, FOURRURES

Dépendant de la Succession

DE

MADAME LA BARONNE DE G***

ET DONT LA VENTE AURA LIEU

HOTEL DROUOT, SALLES Nᵒˢ 9, 10 & 11

(Entrée particulière par la rue de la Grange-Batelière)

Les Mardi 13, Mercredi 14, Jeudi 15 et Vendredi 16 Décembre 1892

A DEUX HEURES

<table>
<tr><td>COMMISSAIRE-PRISEUR</td><td>EXPERT</td></tr>
<tr><td>Mᵉ E. BOUDIN</td><td>M. CH. MANNHEIM</td></tr>
<tr><td>14, rue de la Grange-Batelière. 14</td><td>7, rue Saint-Georges. 7</td></tr>
</table>

EXPOSITIONS

PARTICULIÈRE : *Le Samedi 10 Décembre 1892*

PUBLIQUE : *Les Dimanche 11 et Lundi 12 Décembre 1892*

DE 2 HEURES A 5 HEURES 1/2

CONDITIONS DE LA VENTE

Elle sera faite au comptant.

Les acquéreurs paieront CINQ POUR CENT en sus du prix d'adjudication, applicables aux frais de la vente.

L'exposition mettant le public à même de se rendre compte de l'état des objets, aucune réclamation ne sera admise une fois l'adjudication prononcée.

Paris. — Imp. de l'Art, E. MÉNARD et Cⁱᵉ, 41, rue de la Victoire.

Il serait difficile de trouver un ensemble plus
agréable que celui que présente, sous tous les rap-
ports, la collection que l'on met en vente en ce
jour.

Tous les objets en sont de premier ordre et dignes
d'appartenir aux personnes les plus marquantes de
la société : joyaux, dentelles, fourrures, tout ici est
digne de figurer dans les intérieurs les plus élé-
gants et les plus riches, de même que les tableaux
dépendant de la même succession et exposés dans les
salles voisines, compléteraient avec avantage les plus
belles collections.

Les joyaux en effet, ne sont pas moins remarquables que les tableaux. Outre un collier de perles
superbe, il y a une collection de pierres exception-
nelle. Nulle part, ni chez un souverain, ni chez un
particulier on ne trouverait une suite de briolettes
(brillants) aussi belles que celles qui sont exposées
là. Le plus gros de ces diamants pèse 40 carats,
presque autant que le Sancy, dont il a, du reste, la
forme et presque la superficie. C'est une pendeloque
beaucoup plus importante que ces deux fameuses
briolettes que Marie-Antoinette portait à ses oreilles,
au temps de sa splendeur, puisque les deux ensemble
n'atteignaient pas le poids de celle dont nous par-
lons. (Elles pesaient ensemble 33 carats.) Les quatre
autres briolettes, quoique plus petites que la précé-

dente, ne sont pas moins belles. Aussi cette collection n'est-elle pas seulement un joyau inestimable, mais une curiosité de premier ordre.

Signalons aussi des rubis superbes, des pierres diverses, diamants, émeraudes, etc., bien montées et le tout très beau de qualité.

Les dentelles sont merveilleuses de finesse, points d'Angleterre, d'Alençon, de Venise; quant aux fourrures elles pourraient être considérées aussi comme des objets de collection, tant elles sont remarquables par leur beauté et leur rareté; elles sont connues de toutes les dames russes qui adorent cette parure. Nous les avons souvent entendu citer comme des merveilles dans les salons de Pétersbourg et de Moscou.

Nous n'ajouterons rien de plus : pour tous ceux que ces choses intéressent, la vue des objets sera plus éloquente que nos paroles et nous laissons aux gens de goût le soin, en visitant cette Exposition, d'en juger par eux-mêmes.

GERMAIN BAPST.

DÉSIGNATION DES OBJETS

JOYAUX ET BIJOUX

1 — Très beau collier composé de cent vingt-neuf perles en trois rangs, avec fermoir orné d'une émeraude cabochon, entouré de diamants (manque une pierre), pesant 2,532 grains dont le détail suit :

1er rang, 39 perles, 732 grains.
2e rang, 43 perles, 835 grains.
3e rang, 47 perles, 965 grains.

2 — Grande et très belle briolette, pesant 40 carats. (C'est une des plus grosses briolettes connues. Diamants anciens.)

3 — Paire de briolettes de très belle eau, pesant 15 carats 1/4. (Diamants anciens.)

4 — Petite paire de briolettes, pesant 8 carats 1/4.

(Cette série de briolettes constitue une collection unique, autant par sa beauté que par son importance.)

5 — SUPERBE ET GRANDE RIVIÈRE composée de quarante chatons. Les diamants qui la composent sont anciens.)

5 *bis* — PETIT MOTIF D'ORNEMENTATION composé de beaux brillants.

6 — TROIS PENDELOQUES BRILLANT sur papier, pesant 5 carats 1/4.

7 — DEUX GIRANDOLES en perles poires d'Orient, entourées de brillants.

8 — GRANDE BRANCHE DE FLEURS, formant broche, en diamants montés sur or.

9 — AIGRETTE composée de trois rubis montés sur tiges enrichies de diamants.

10 — PAIRE DE BOUTONS en brillants avec pendeloque poire formée d'un brillant.

11 — BRACELET souple en or, garni de deux plaques en brillants, avec pierre au centre imitant le rubis.

12 — GRAND ET BEAU PEIGNE monté de cinq gros brillants et de diamants plus petits.

13 — BRACELET en or émaillé noir, avec brillants.

14 — BROCHE ÉGLANTINE en brillants. monture en or avec broche.

15 — PAIRE DE GIRANDOLES longues en perles d'É-cosse, en forme de pendeloques entourées de brillants.

16 — PAIRE DE BOUTONS en perles entourées de bril-lants.

17 — DEUX PERLES percées, pesant 6 grains 1/8.

18 — BAGUE d'or et émeraude cabochon, entourée de brillants.

19 — CHAINE DE MONTRE en or émaillé vert.

20 — TABATIÈRE oblongue en or émaillé bleu, et paysage sur le couvercle. Travail de Genève.

21 — MÉDAILLON ovale en or émaillé bleu, avec roses et perle blanche au centre.

22 — BROCHE en forme de feuilles de roses, en or ciselé, avec deux perles de Panama et deux brillants.

23 — DEMI-PARURE composée de deux girandoles et
d'une broche chainette ornée de perles et de
roses. Monture or.

24 — CHAINE DE COL en or avec coulants.

25 à 27 — TROIS MONTRES en or dont deux à savon-
nette.

28 — PIÈCE D'OR française du xv° siècle, d'Henry VI,
roi de France et d'Angleterre.

29 — MÉDAILLE COMMÉMORATIVE en or.

30 — INSIGNE en or.

31 — MÉDAILLON en or incrusté de demi-perles et de
turquoises.

32 — DEUX FACES à main et un lorgnon en or. Une
des faces à main est ciselée et gravée.

33 — ÉPINGLE de cravate en forme de bateau, en or.

34 — BROCHE formée de deux boules lapis montées
sur une barrette d'or.

35 — PIERRES DIVERSES sur papier et bague d'or.

36 — Trois boutons en corail.

37 — Petit rouleau en ivoire avec pierres diverses.

38 — Épingle de cravate en pierre fausse et huit boutons d'or.

ORFÉVRERIE DE CHEZ ODIOT

39 — Quatre-vingt-seize fourchettes de table en argent, style Louis XVI, à feuilles d'acanthe et médaillon. De chez Odiot.

40 — Trente cuillères de table en argent, de même modèle.

41 — Soixante-douze couteaux de table, à manches d'argent et lames acier. De chez Odiot.

42 — Quatre cuillères à sauce en argent, de style Louis XVI, à feuilles d'acanthe et médaillon. De chez Odiot.

43 — Deux pinces à asperges en argent, de même modèle. De chez Odiot.

44 — Louche en argent, de même modèle. De chez Odiot.

45 — Quatre pièces a hors-d'œuvre, de même
modèle. De chez Odiot.

46 — Trente cuillères à entremets en argent, de
style Louis XVI, manche perlé, feuilles d'acanthe
et écusson. De chez Odiot.

47 — Deux services a salade en ivoire et argent,
même modèle que les pièces qui précèdent.

48 — Deux saucières, de style Louis XVI, en argent,
à godrons et à anses avec double fond. De chez
Odiot.

49 — Deux légumiers en argent avec couvercles
surmontés d'un chou-fleur et d'un artichaut. De
chez Odiot.

50 — Deux plats ovales à contours et à rubans en
argent. De chez Odiot. — Long., 49 cent.

51 — Deux plats analogues à ceux qui précèdent,
aussi de chez Odiot. — Long., 44 cent.

52 — Six plats ronds de même modèle. De chez
Odiot. — Diam., 32 cent.

53 — Six plats ronds, de même modèle, mais plus
petits. De chez Odiot. — Diam., 29 cent.

ORFÈVRERIE VARIÉE

54 — Douze couverts de table en argent, de style
Louis XVI, modèle à nœud.

55 — Couvert d'enfant en argent, modèle à médail
lon.

56 — Sept petits couteaux à manches d'argent.

57 — Couvert à salade en ivoire et manches en
argent.

58 — Douze petites cuillères à café, en argent, de
style Louis XVI, modèle à nœud et décor de
fleurs.

59 — Trois couteaux à beurre en argent.

60 — Deux timbales en argent.

61 — Treize cuillères à café dépareillées, en
argent.

VERMEIL

62 — Trente cuillères à entremets, en vermeil, de
style Louis XVI, modèle à feuilles d'acanthe,
perlé, à médaillon. De chez Odiot.

63 — QUARANTE-HUIT FOURCHETTES de même modèle,
en vermeil. De chez Odiot.

64 — VINGT-NEUF COUTEAUX à dessert, de même
modèle, à lames acier et manches en vermeil. De
chez Odiot.

65 — TRENTE ET UN COUTEAUX à dessert, de même
modèle, à lames acier et manches en vermeil.
De chez Odiot.

66 — QUATRE CUILLÈRES à compote, de même modèle, en vermeil. De chez Odiot.

67 — PINCE A SUCRE en vermeil, de même modèle.
De chez Odiot.

68 — DEUX CUILLÈRES à sucre en vermeil, de même
modèle. De chez Odiot.

69 — TRENTE CUILLÈRES à café en vermeil, de même
modèle. De chez Odiot.

70 — QUINZE SALIÈRES en vermeil, de style Louis
XIV, avec quatre pieds griffes de lion et mé-
daillons.

71 — TRENTE CUILLÈRES à sel, forme coquille, en
vermeil.

72 — SERVICE A THÉ et à café en vermeil, de style
Louis XIV. Il se compose d'une théière, une
cafetière, un pot à lait, un sucrier, une corbeille
ronde et une mannette ovale à anses.

ORFÈVRERIE RUSSE

73 — SERVICE A THÉ et à café en argent, dont chaque
pièce a la forme d'un fruit. Travail russe. Il se
compose d'une théière, d'une cafetière, deux
sucriers, d'un pot à lait et de deux mannettes,
l'une d'elles avec anses.

74 — GRAND SAMOWAR en argent repoussé et ciselé,
avec anses garnies d'ivoire. Travail russe.

75 — CENT CINQUANTE FOURCHETTES de table en
argent, modèle à médaillon. Travail russe.

76 — CINQUANTE CUILLÈRES de table en argent, de
même modèle et de même travail.

77 — QUATRE-VINGT-DIX-NEUF COUTEAUX de table, à
manches d'argent. Travail russe.

78 — QUATRE CUILLÈRES à ragoût en argent. Travail
russe.

79 — DEUX CUILLÈRES à sucre en poudre, en argent.
Travail russe.

80 — QUATRE TRUELLES A POISSON en argent. Travail
russe.

81 — DEUX SUCRIERS de style Louis XVI, en argent,
à deux anses et décorés de fruits et de feuillages. Travail russe.

82 — DOUZE COUVERTS de table en argent, modèle à
feuilles. Travail russe.

83 — VINGT-TROIS CUILLÈRES à café en argent. Travail russe.

84 — LOUCHE en argent, modèle à feuilles. Travail
russe.

85 — DOUZE COUTEAUX à manches ronds en argent.
Travail russe.

86 — SIX COUTEAUX à manches carrés en argent.

87 — SEPT CUILLÈRES et huit fourchettes de table,
en argent. Travail russe.

VERMEIL RUSSE

88 — QUARANTE-SEPT CUILLÈRES à entremets, en vermeil, à double cartouche. Travail russe.

89 — QUARANTE-HUIT FOURCHETTES à entremets, en vermeil, de même modèle et de même travail.

90 — VINGT-QUATRE COUTEAUX à entremets, en vermeil. Travail russe.

91 — VINGT-QUATRE COUTEAUX à dessert en vermeil.

92 — VINGT-QUATRE SALIÈRES ovales à pied, en vermeil, avec couronne de fruits et de feuillages. Travail russe.

93 — QUARANTE-HUIT PETITES CUILLÈRES à café, en vermeil.

94 — VINGT-CINQ PELLES A SEL en vermeil.

PLAQUÉ

95 — GRAND PLATEAU rond à anses en métal, bordé de feuilles de lierre enlacées dorées.

96 — GRAND PLATEAU ovale de même modèle que
celui qui précède.

97 — GRANDE BOUILLOTTE et son pied, de style
Louis XIV, en métal argenté.

98 — DEUX PLATS longs à poisson, modèle à contours et à rubans, en doublé d'argent de chez
Odiot. — Long., 71 cent.

99 — DEUX PLATS longs de même modèle, avec
double fond, en doublé d'argent de chez Odiot. —
Long., 62 cent.

100 — DEUX PLATS longs de même modèle, mais plus
petits, en doublé d'argent de chez Odiot. — Long.,
55 cent.

101 — SIX PLATS ronds de même modèle en plaqué
d'argent de chez Odiot. — Diam., 32 cent.

102 — SIX PLATS ronds semblables, mais plus petits,
de chez Odiot. — Diam., 29 cent.

DENTELLES BLANCHES

103 — DEUX COUPES de point d'Alençon, à l'aiguille,
mesurant ensemble 9 m. 50 cent. de long, sur
35 cent. de haut.

104 — COUPE de point d'Alençon, à l'aiguille. —
Long., 4 m. 50 cent.; haut., 10 cent.

105 — PLUSIEURS MORCEAUX de point d'Alençon, à
l'aiguille, mesurant ensemble 19 mètres de long,
sur 9 cent. de haut.

106 — CRAVATE en point d'Alençon.

107 — VALENCIENNES en trois dessins. — Long.,
11 m. 70 cent.

108 — DESSUS DE LIT garni d'environ 14 mètres de
Valenciennes, avec broderies.

109 — TROIS DESSUS D'ÉDREDON en batiste, garnis
d'environ 13 m. 20 cent. de Valenciennes, avec
broderies à jour et initiales.

110 — TROIS DESSUS D'ÉDREDON en batiste brodée,
garnis d'environ 12 mètres de Valenciennes.

111 — TROIS TAIES D'OREILLERS en batiste brodée,
garnies d'environ 7 m. 20 cent. de Valenciennes.

112 — DEUX GRANDES TAIES D'OREILLERS en batiste
brodée, garnies de 8 m. 40 cent. de Valenciennes.

113 — VOILETTE application d'Angleterre et point.

114 — Trois mouchoirs en point à l'aiguille et application.

115 — Quatre mouchoirs garnis de belle Valenciennes.

116 — Six mouchoirs garnis de belle Valenciennes. Fonds réappliqués.

117 — Col et manches en point d'Alençon, et deux manches en point à l'aiguille.

118 — Deux taies d'oreillers garnies de 8 m. 50 cent. de Valenciennes.

119 — Ombrelle à manche d'ivoire et jaspe avec chiffre en roses, couverte en point de gaze.

120 — Trois petits coussins en batiste brodée, garnis d'environ 6 m. 75 cent. de Valenciennes.

121 — Devant d'autel en soie bleue brodée d'or.

DENTELLES NOIRES

122 — Deux volants de Chantilly, mesurant 10 m. 50 cent. de long sur 62 cent. de haut.

123 — Volant de Chantilly, mesurant 5 m. 20 cent. de long sur 48 cent. de haut.

124 — Deux volants de Chantilly, mesurant 11 m. 50 cent. de long sur 35 cent. de haut.

125 — Volant à deux têtes de belle qualité, mesurant 11 m. 50 cent. de long sur 38 cent. de haut.

126 — Mantelet garni d'environ 6 m. de Chantilly.

127 — Huit barbes de Chantilly.

128 — Volant de guipure noire, mesurant 6 m. 40 cent. de long sur 37 cent. de haut.

129 — Ombrelle, avec manche en ivoire et corail, garnie de dentelle de Chantilly.

FOURRURES

130 — Couverture en martre zibeline, avec queues.

131 — Collet en martre zibeline.

132 — Manteau velours noir, doublé de soie noire et garni de martre zibeline.

133 — Manchon en martre zibeline.

134 — Autre manchon en martre zibeline.

135 — Manteau en velours groseille, fourré hermine et garni de queues de zibelines.

136 — Onze mètres vingt centimètres de bordure formée de queues de zibelines.

137 — Un mètre quarante-cinq centimètres de bordure composée de pointes de queues de zibelines.

138 — Restant de bas de manteau composé de cinq peaux de martre zibeline.

139 — Trois peaux travaillées et quatre morceaux de martre zibeline.

140 — Couverture en renard argenté.

141 — Couverture en martre de Prusse.

142 — Tapis fond de voiture en ours noir.

143 — Tapis formé d'une peau d'ours noir.

144 — Manteau en armure de soie noire, fourré en zibeline.

145 — Deux collets et manchettes de cocher, en ours noir.

146 — Couverture mouton corse noir.